**A Elena Contreras,
con gratitud, por su eterna
sabiduría y generosidad**

Un reconocimiento especial a Mary Lee Donovan, Melanie Córdova y Maryellen Hanley, de Candlewick Press. Estoy extremadamente agradecida por su guía y apoyo. ¡Hicieron de este recorrido una experiencia grata, enriquecedora y divertida!

Y gracias nuevamente a Melanie Córdova, como también a Alex Robertson, Juan Botero e Iraida Iturralde, por ayudarme a encontrar la palabra precisa para cada frase en la traducción de este libro.

• • •

First edition 2023

Library of Congress Catalog Card Number 2022908703
ISBN 978-1-5362-1635-6 (English hardcover)
ISBN 978-1-5362-1641-7 (Spanish hardcover)
ISBN 978-1-5362-3250-9 (English-Spanish hardcover)

22 23 24 25 26 27 CCP 10 9 8 7 6 5 4 3 2 1

Printed in Shenzhen, Guangdong, China

This book was typeset in Avenir.
The illustrations were created digitally.

Candlewick Press
99 Dover Street
Somerville, Massachusetts 02144

www.candlewick.com

ELENA
monta en bici

JUANA MEDINA

CANDLEWICK PRESS

Elena quiere montar en bici.
Elena se abrocha el casco.

Empieza a montar,
empieza a rodar…

se empuja,
¡pedalea!

Ella se mece
y se bambolea...

¡CATA

PLÁM!

Elena trata de nuevo.

Ella trata y trata…

¡Elena llora!

¡Ella solloza!

Elena suspira…
y se sienta por un momento.

Elena se seca los ojos…

¡y trata y trata y trata!

¡Elena se estabiliza!

¡Elena se desliza!

Ella vuela, ella va.

¡Ella va y va y va!

¡Rápido! ¡Rápido!
¡Y aún más rápido!

¡CATA

PLUM!

Elena no monta en bici.
Elena dice N-O. ¡NO!

Elena se sacude.